Mileninha

Um dia de magia

astral cultural

E aí, galerinha! Aqui é a Mileninha.

É com muita alegria que apresento a vocês o meu LIVRO!!!

Siiiim!

Agora, além de se divertir muito comigo lá no canal, vamos aprender e brincar bastante nas próximas páginas...

Isso mesmo! Melhor do que aprender, é aprender brincando!

Se vocês me acompanham lá no canal, já devem ter visto vários vídeos em que não só eu, mas o papai e a mamãe, que também participam, trazemos muitas coisas legais. Se ainda não me acompanham, corram lá para se inscreverem antes de virar a página.

f ⓘ @ cantoramileninha

🐦 @ mileninhaofc

♪ @ mileninha

▶ @ mileninhagames
@ milenaStepaniencoOficial
@ mileninha

@ mileninha

🌐 mileninha.com.br

E, então, sem mais conversa...
Vamos brincar!

A nova vizinha de Mileninha estava despertando a curiosidade dela. A casa ao lado havia ficado vazia por anos e, finalmente, de um dia para o outro, moradores estavam ali!

Ou melhor, moradoras!

UAU! Será que finalmente vou ter um amiguinho ou amiguinha para brincar? Hmmm... Acho que não tem problema se eu for ali rapidinho... Mas espera aí! Não me parece muito educado ir até lá sem levar um presente, né? Já sei o que vou fazer para a nova vizinha!

Presente delicioso

Para saber o que Mileninha irá levar para a nova vizinha, descubra qual é a palavra que mais se repete no quadro abaixo.

B O L O Z X A Y C D X L X O Z S Z I G V
I L Z K P P V L X I P E C W H G F O J E
S Q H N Z S V A Z L S J G L S B I S I Z
Q H B X Z U S B B O L O X I B O L O V L
W V A F P M Z V Z L I V R O P I F R E I
V P E B R I G A D E I R O M B U H J Y V
D D V G P L S K K Y A U E R D C B Q J R
B A N R U V B G O O B X H U J T C K J O
O I C W W T O X Y E T O R T A I P Ã O U
L I V R O E L O C D O N B S E G K T W X
O C D H D I O W A A R D Y O X T Y D L L
I Z M W L V L E Z G T N V V K O R M I V
N T M O D N K G X T A F W H S R O N V D
T O R T A D U V L J K H T O R T A L R K
X B V D W H W K H P S U P W U A Y T O J
Y P E S F G T V Y S Q F L E W D X H X
W X J U O T T E B Z L I V R O Z U Q N Z
B R I G A D E I R O F A Z C O Q A G W Y
M W W V B M E O D K U X R L J R P G M C
V X U E G E B Z B O L O J B O L O K J B

Resposta: _____

Enquanto preparava um bolo delicioso para receber bem a nova vizinha, Mileninha aproveitou para cantar. Fazer as coisas com música é sempre mais divertido, sem contar que o tempo passa até mais rápido quando estamos cantando.

Nossa, o cheiro desse bolo está maravilhoso. Aposto como a minha vizinha vai amar!!! Só falta decorar e ele vai ficar perfeito.

Decorando o bolo

Para ficar ainda mais bonito e gostoso, o bolo que Mileninha fez precisa ser decorado. Faça as contas e pinte as partes com as cores que correspodem ao resultado.

6 = Roxo
7 = Amarelo
8 = Azul
9 = Rosa
10 = Verde

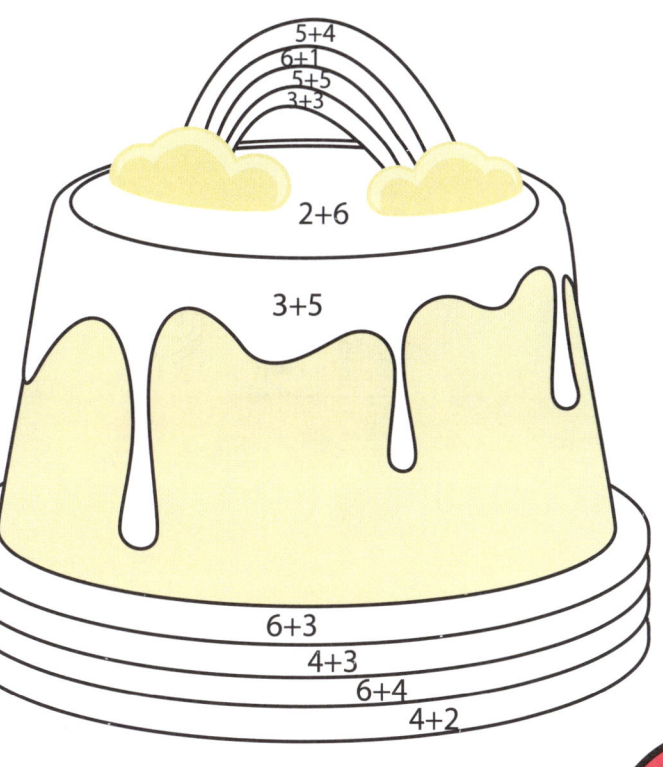

5+4
6+1
5+5
3+3

2+6

3+5

6+3
4+3
6+4
4+2

Depois de fazer um bolo bem bonito e apetitoso, era hora de conhecer a nova vizinha! Mileninha estava eufórica pelo momento. Mas faltava uma coisa, um look especial para aquela ocasião!

Após trocar de camiseta, o quarto de Mileninha ficou todo bagunçado! E antes que levasse uma bronca, ela sabia que precisava deixar tudo arrumadinho, do jeito que estava antes, afinal, isso era uma regra de conduta.

Arrumando a bagunça

O quarto de Mileninha ficou uma bagunça. Para organizar, procure os objetos listados abaixo e faça um X. Eles não devem estar no quarto.

1. Pasta de dente
2. Esponja
3. Melancia
4. Sabonete
5. Escova de dentes

E então, em poucos minutos, o quarto estava arrumado novamente e Mileninha havia escolhido uma linda camiseta. Era hora de ir dar as boas-vindas à nova vizinha e, claro, a Mileninha seguiu cantando!

No entanto, ela não esperava algo…

Obstáculos no caminho

A rua parecia estar cheia de obstáculos e o caminho até a casa da nova vizinha estava ficando impossível! Ajude Mileninha a atravessar o trajeto até a casa da nova moradora, mas cuidado para não se distrair e pegar um atalho ruim.

Quando Mileninha finalmente conseguiu atravessar, *ela encontrou uma garotinha muito simpática* brincando no quintal.

Olá! Você é minha nova vizinha? Vim trazer um bolo de boas-vindas!!! Eu sou a Mileninha, muito prazer. E você? Como se chama?

Quem é você?

Mileninha chegou até a casa da vizinha e já fez uma amizade, porém, para saber o nome da garota, faça as contas e troque as letras por números quando terminar.

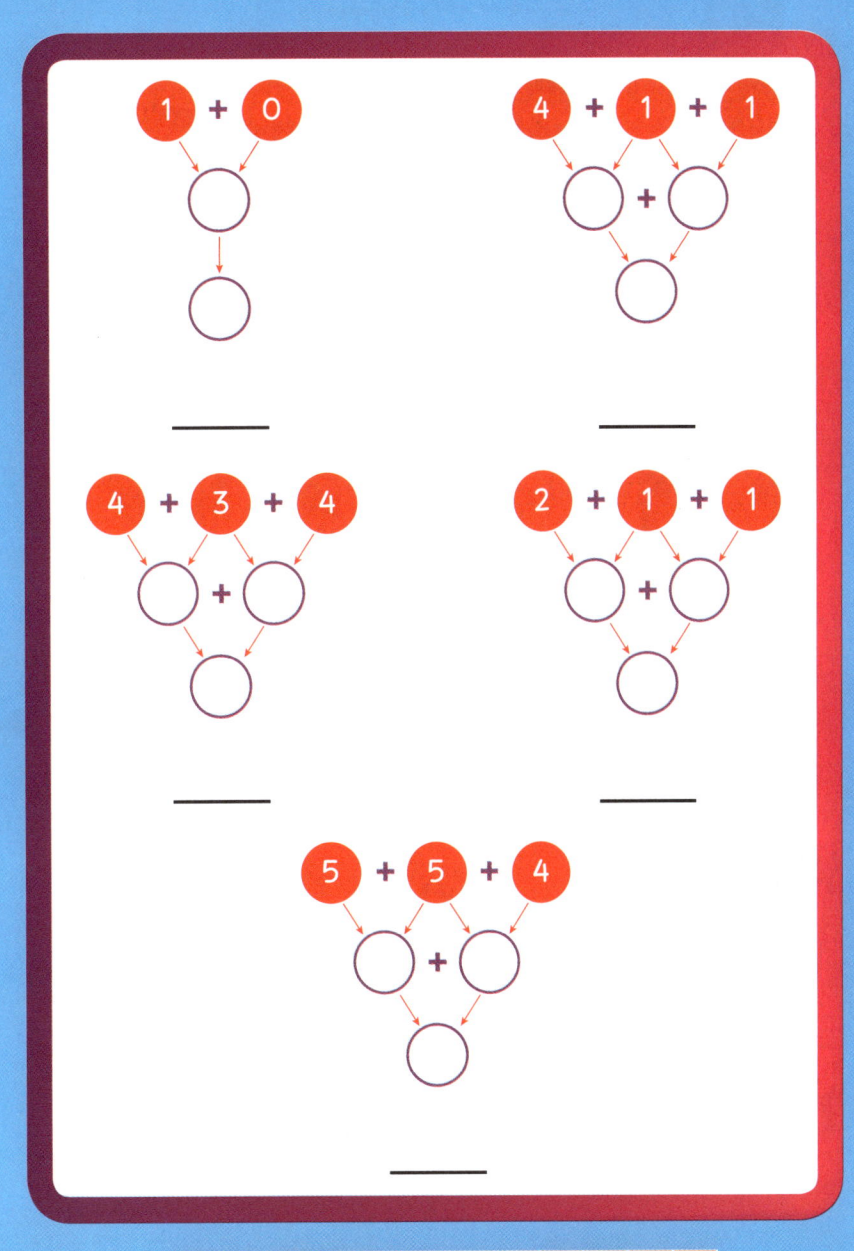

A	D	E	G	I	K	N	O	R	S	X	Y
1	4	5	7	9	11	14	15	18	19	24	25

Ela se chama:

___ ___ ___ ___ ___ ___

O nome da nova vizinha era Agnes. As duas, claro, começaram a bater o maior papo e ficaram horas conversando e brincando. Então, Mileninha teve uma ideia: brincar de karaokê!!! E elas cantaram, cantaram e cantaram.

Complete a música!

Que tal brincar de karaokê com a Mileninha e a Agnes? Preencha as lacunas a seguir e complete a música que elas estão cantando.

Minha _____ me deu uma cachorrinha de presente
Ela é tão pequena quase não tem _____
Dei um nome pra ela, ela é tão _____
Chamei de _____ minha nova _____

Quando vou _____, a _____ corre atrás
Nossa, que _____ lá em casa que ela faz
_____ no sofá, quer comer meu _____
Pego ela no colo, ela adora um _____

Para conferir sua resposta e brincar com a música, passe seu celular no leitor de QR Code ou acesse o link https://bit.ly/3fAEDQs.

AAAA! CHEGA DESSA CANTORIA!

Mileninha estava amedrontada, aquela voz e aquela risada eram definitivamente inconfundíveis... Não era possível! A Agnes era sobrinha de ninguém mais ninguém menos que... A DONA BRUXA!!! Dona Bruxa não queria ouvir aquela cantoria, então, jogou um feitiço na Mileninha.

NÃÃÃÃÃÃO!

O que aconteceu?

Para descobrir qual foi o feitiço que a Dona Bruxa jogou na Mileninha, troque as letras pelos símbolos.

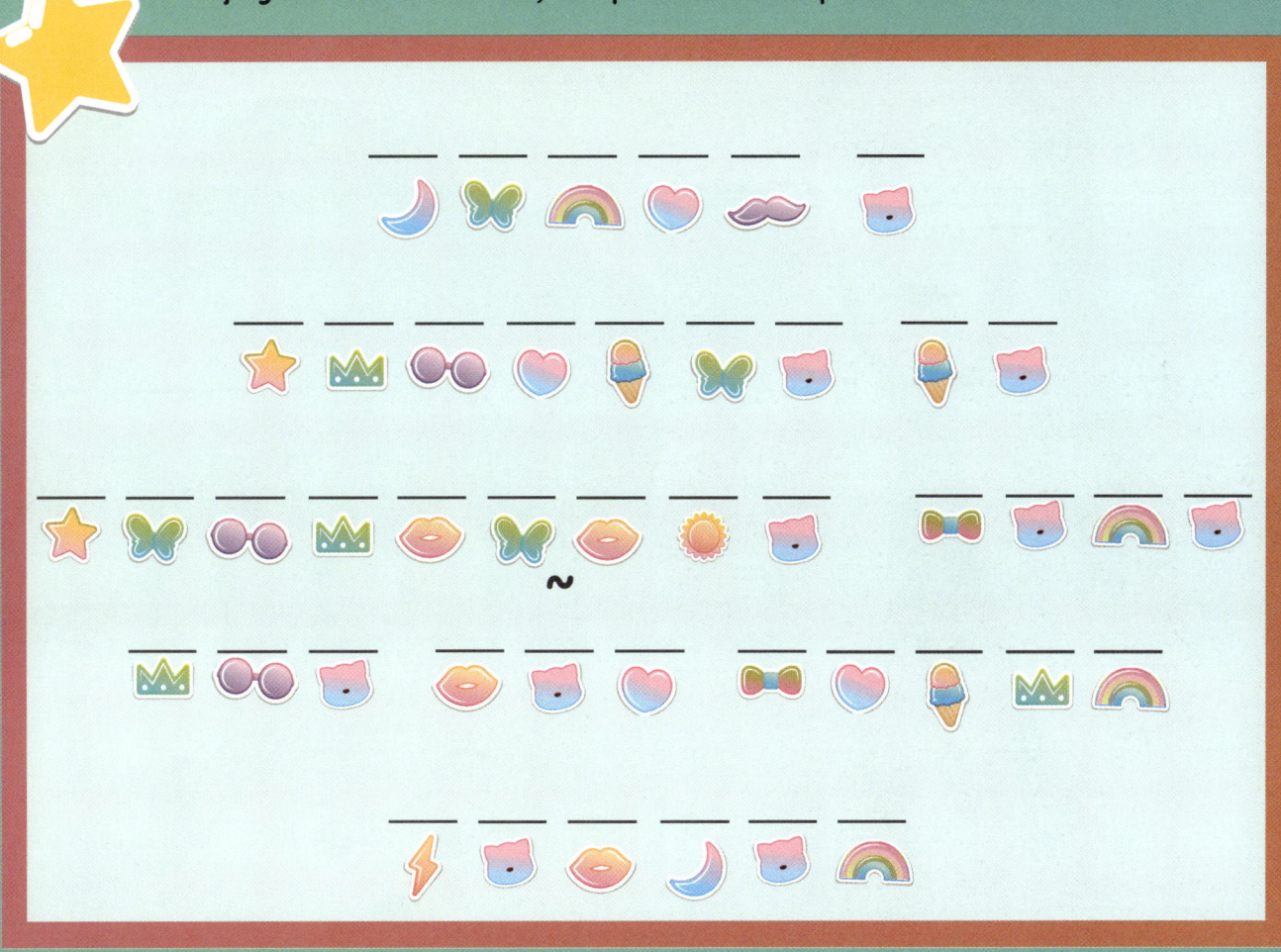

A C D E H I L M

N O P R T U

Mileninha tentou cantar, mas foi em vão! Dona Bruxa realmente havia tirado a sua melodia e ela estava desesperada. A vida sem poder cantar seria muito triste... A Dona Bruxa saiu correndo e gargalhando, deixando Mileninha preocupada, *sem saber o que fazer.*

EU QUERO MINHA MELODIA DE VOLTAAA! NÃO VAI EMBORA, NÃO, DONA BRUXA! VOLTE AQUI!

HA HA HA!

Caminho da Dona Bruxa

A Dona Bruxa fugiu e as meninas precisam alcançá-la. Para descobrir por qual caminho ela foi, siga aquele que não passa por nenhum obstáculo.

Não me pega!

Mileninha perguntou à Agnes se ela sabia do plano da Dona Bruxa, de tirar a melodia dela, e a nova amiga explicou que não, afinal, *ela é uma bruxinha boa*, não má, como a tia.

Laço mágico

Mileninha estava decidida a recuperar sua melodia, e você precisa provar que pode ajudá-la. Então, antes de seguir para a próxima página, conte quantos laços aparecem abaixo e circule o único que não se repete. Isso vai mostrar que você presta atenção aos detalhes.

Mileninha e Agnes, então, bolaram um plano: *elas iriam procurar por alguma poção mágica* que fosse capaz de fazer a melodia de Mileninha voltar ao normal.

Elas seguiram pelo mesmo caminho que a Dona Bruxa havia feito e desceram algumas escadas que as levou para um ambiente escuro. Mileninha precisava encontrar uma forma de deixar o lugar mais claro para enxergar onde estavam.

Que haja luz!

A busca de Mileninha e Agnes parece ter ficado um pouquinho escura. Para que elas consigam se localizar e enxergarem onde estão, observe bem as imagens e circule o único objeto que pode clarear o ambiente.

Elas encontraram uma lanterna e tudo ficou mais claro. Agnes acalmou a Mileninha, explicando que se ela realmente quisesse recuperar sua melodia, teria que ser corajosa! E, então, Mileninha encheu o peito de coragem, afinal, ela é uma menina valente e estava contando com a ajuda de Agnes, sua mais nova amiga.

Tem um livro de capa vermelha na cena ( ) V ( ) F
Olhando de frente, a vassoura está do lado esquerdo da poltrona ( ) V ( ) F
A poltrona tem listras pretas ( ) V ( ) F
O armário tem 3 portas ( ) V ( ) F
Na cena tem 4 poções ( ) V ( ) F

Jogo da memória

Observe atentamente a cena abaixo. Depois, cubra a imagem com um papel e responda às perguntas do final da página. Não vale olhar de novo, hein?

Elas estavam um pouco perdidas no meio de tanto pó e bagunça quando, de repente, ouviram um barulho estranho vindo do fundo do quartinho em que estavam e correram se esconder.

A Dona Bruxa está vindo aí!

Por aqui, Mileninha! A minha tia não pode nem sonhar que estamos procurando por uma poção.

Adivinha quem chegou?

Mileninha e Agnes tomaram um baita susto com o barulho! Siga o caminho e veja o que causou a maior bagunça com elas.

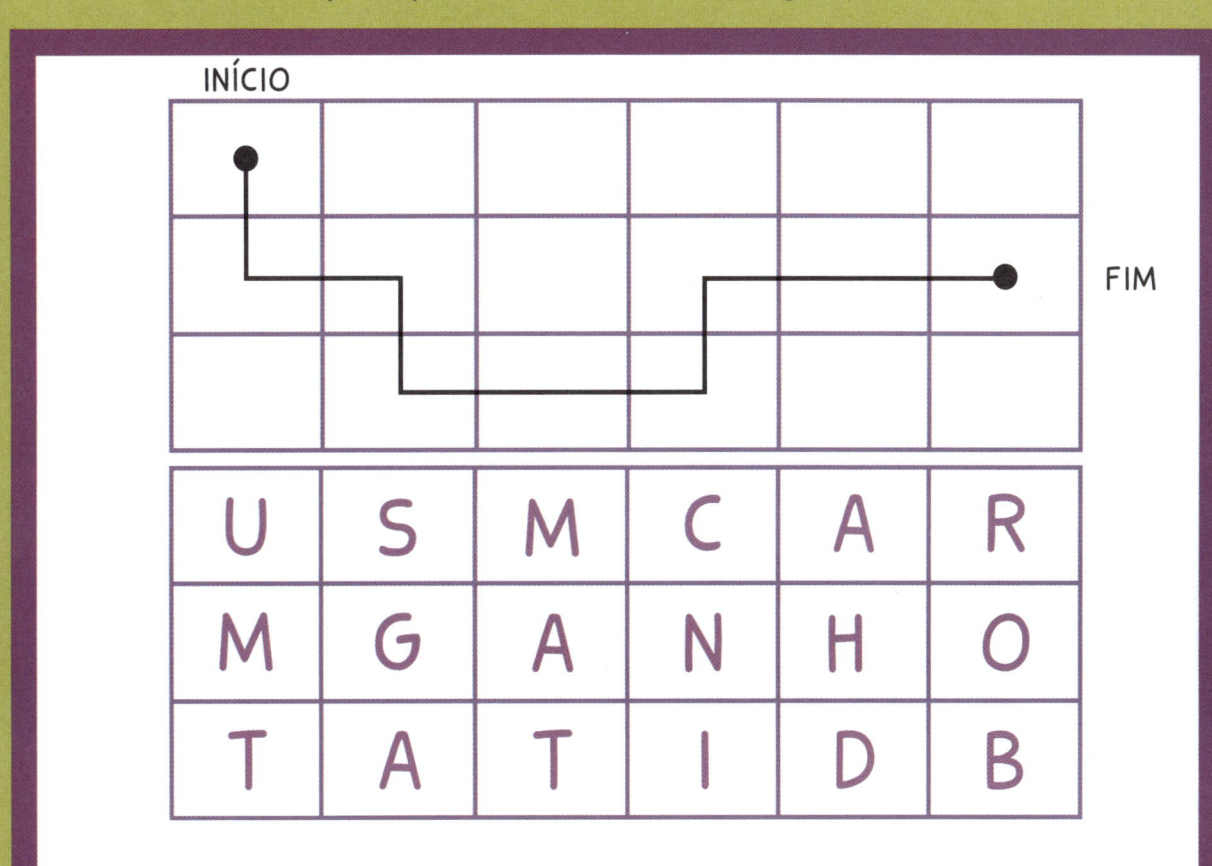

INÍCIO

FIM

U	S	M	C	A	R
M	G	A	N	H	O
T	A	T	I	D	B

__ __ __ __ __ __ __ __

As meninas respiraram aliviadas quando viram de onde vinha o barulho, pois não era a Dona Bruxa que estava chegando, era só um gatinho.

Ufa, ainda bem que foi só um susto!

Mileninha tentou pegar o gatinho no colo para fazer carinho, mas ele saiu correndo, e as meninas decidiram segui-lo para ver aonde ele iria.

Siga aquele gatinho!

Você precisa descobrir qual dos três caminhos o gato seguiu! Para isso, faça as somas com os números apontadas abaixo. Atenção: ele foi pelo caminho maior.

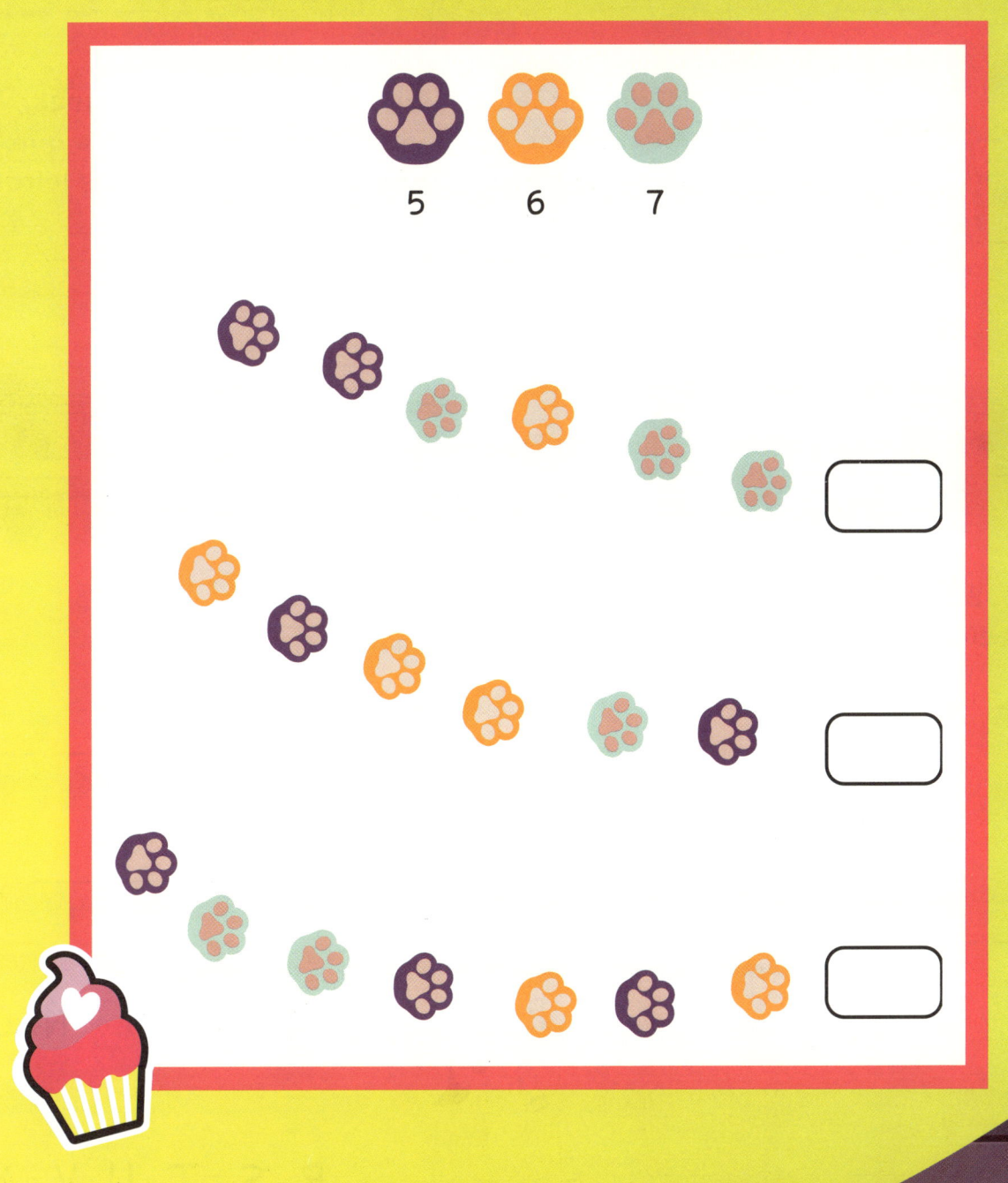

Depois de seguirem o gatinho, elas chegaram em uma grande biblioteca empoeirada. Mileninha logo quis procurar os feitiços, mas Agnes a lembrou de que ela ainda não sabia muito bem trabalhar com poções, pois era apenas uma aprendiz. No entanto... nem isso fez com que elas desistissem. *E Mileninha foi logo encorajando a amiga.*

> Vamos seguir as orientações, deve ser tipo receita de bolo... Vamos tentar, Agnes!

> Bom, tudo bem, não custa tentar, né?

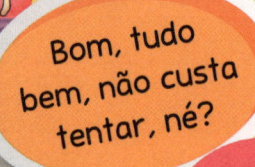

O que aconteceu?

Mileninha leu o feitiço com a ajuda de Agnes, mas parece que o resultado não foi bem o que elas esperavam. Troque os símbolos pelas letras e descubra o que aconteceu.

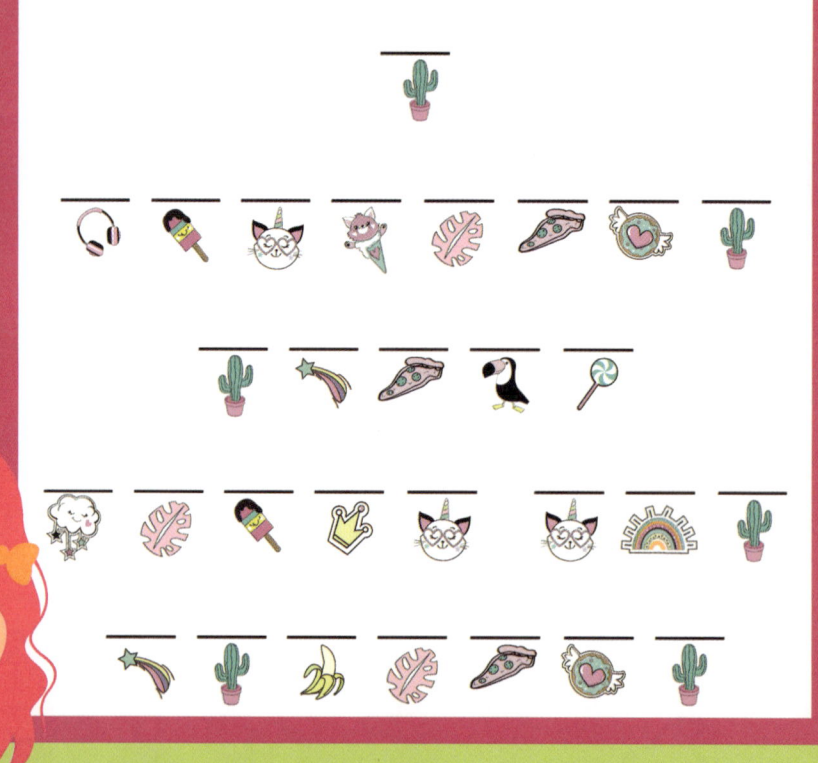

Com carinho,
Mileninha

Mileninha não conseguiu conter o riso e, no começo, Agnes ficou um pouco chateada, mas logo soltou um miado engraçado. Agora, a missão era encontrar duas poções: uma para a melodia de Mileninha voltar e outra para transformar Agnes em menina de novo.

HAHAHAHAHA, me desculpe, Agnes, mas você está tããão fofinha!

A peça que falta

A imagem abaixo está incompleta. Encaixe a peça correta para descobrir qual é o livro em que elas devem procurar a poção que desfaz feitiços.

Feliz com essa receita de bolo? MIAU!

1

Livro de mágicas

2
Livro de poções

3

Livro da Dona Bruxa

Apesar de agora Agnes ser uma gatinha muito fofa, elas continuaram em sua missão pelas poções e feitiços do livro gigante que estavam mexendo.

E se a gente tentar esse aqui, hein, Agnes? Ou esse outro aqui?

Acho que não dá para piorar, não é mesmo?

Que susto!

Depois de lerem mais um feitiço, algo deixou Agnes e Mileninha bem surpresas. Coloque as letras iniciais de cada desenho e descubra.

Mileninha saiu correndo em disparada, carregando o livro de feitiços consigo. Enquanto isso, Agnes já estava na porta, esperando pela amiga e fugindo do sapo.

Onde estamos, Agnes?

Ah, é a sala do espelho. Você sabe, toda bruxa tem um espelho mágico para conversar...

O Espelho que fala

Parece que temos um espelho mágico falante por aqui.
Para descobrir o que ele disse, siga as setas que ligam
as letras aos quadrinhos.

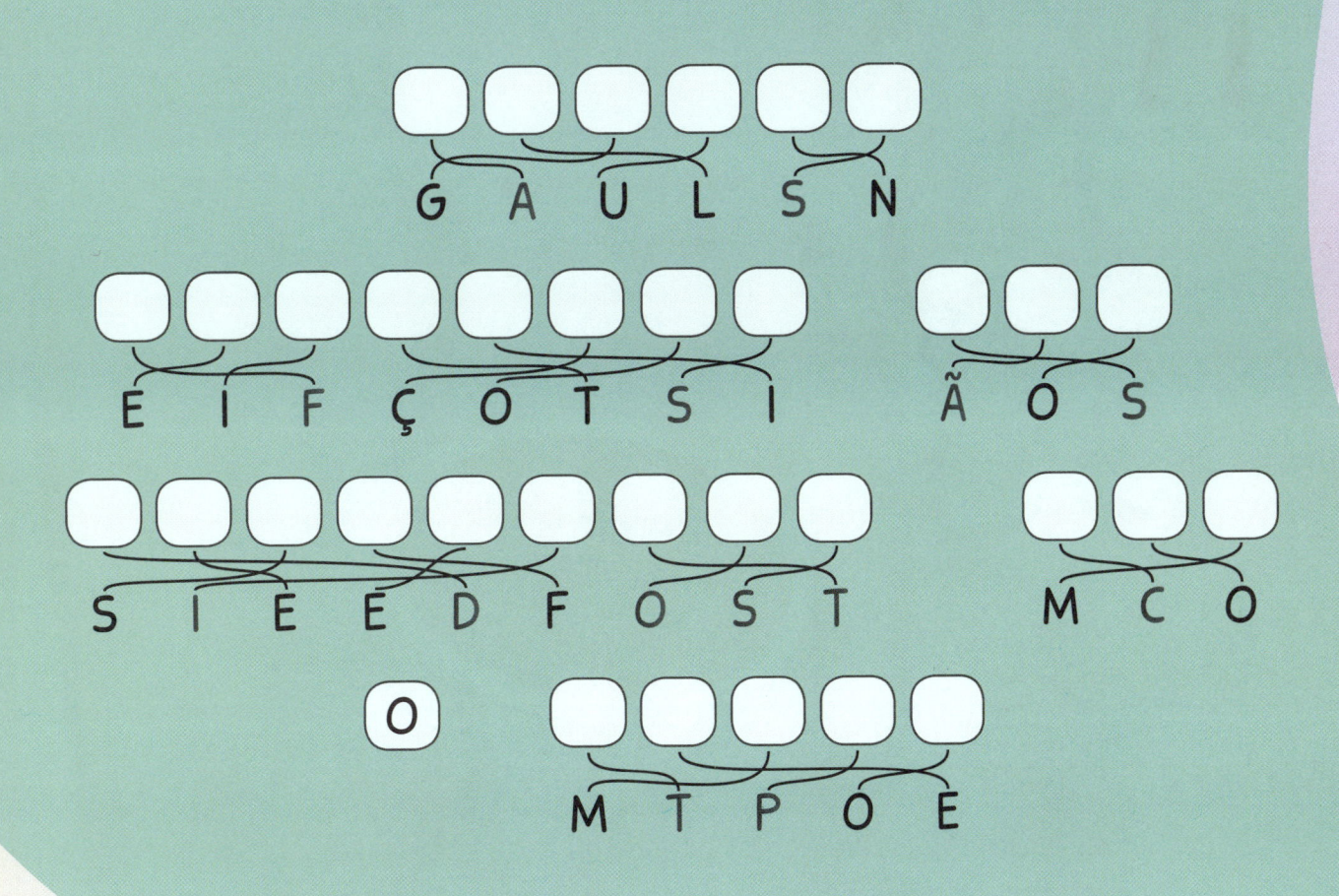

G A U L S N

E I F Ç O T S I   Ã O S

S I E E D F O S T   M C O

O   M T P O E

As meninas ficaram assustadas, pois a sala era cheia de espelhos e elas nem sabiam qual deles tinha falado com elas. Enquanto procuravam o espelho que estava falando com elas,

Agnes passou em frente a um deles e...

Mileninha, estou voltando a ser humana!!!

De onde vem?

Parece que o sinal estava certo, nenhum feitiço é realmente para sempre, eles passam com o tempo, e o da Agnes era do tipo mais rápido de todos. Ajude Mileninha e Agnes a descobrirem qual é o espelho certo. Encontre e circule aquele que está entre os livros e a lanterna e abaixo do sapo.

As duas ficaram muito felizes. Então, era disso que o espelho estava falando. No entanto, uma porta se abriu do nada e as meninas só ouviram uma risada inconfundível...

A da Dona Bruxa!

Ai, socorro, Agnes!!!

Foge, Mileninha!!!

Correndo do perigo

Mileninha e Agnes precisam se esconder atrás do maior espelho da sala, porém, não sabem qual é o caminho certo. Preste bem atenção nos caminhos abaixo, apenas um deles levará as meninas até o destino correto.

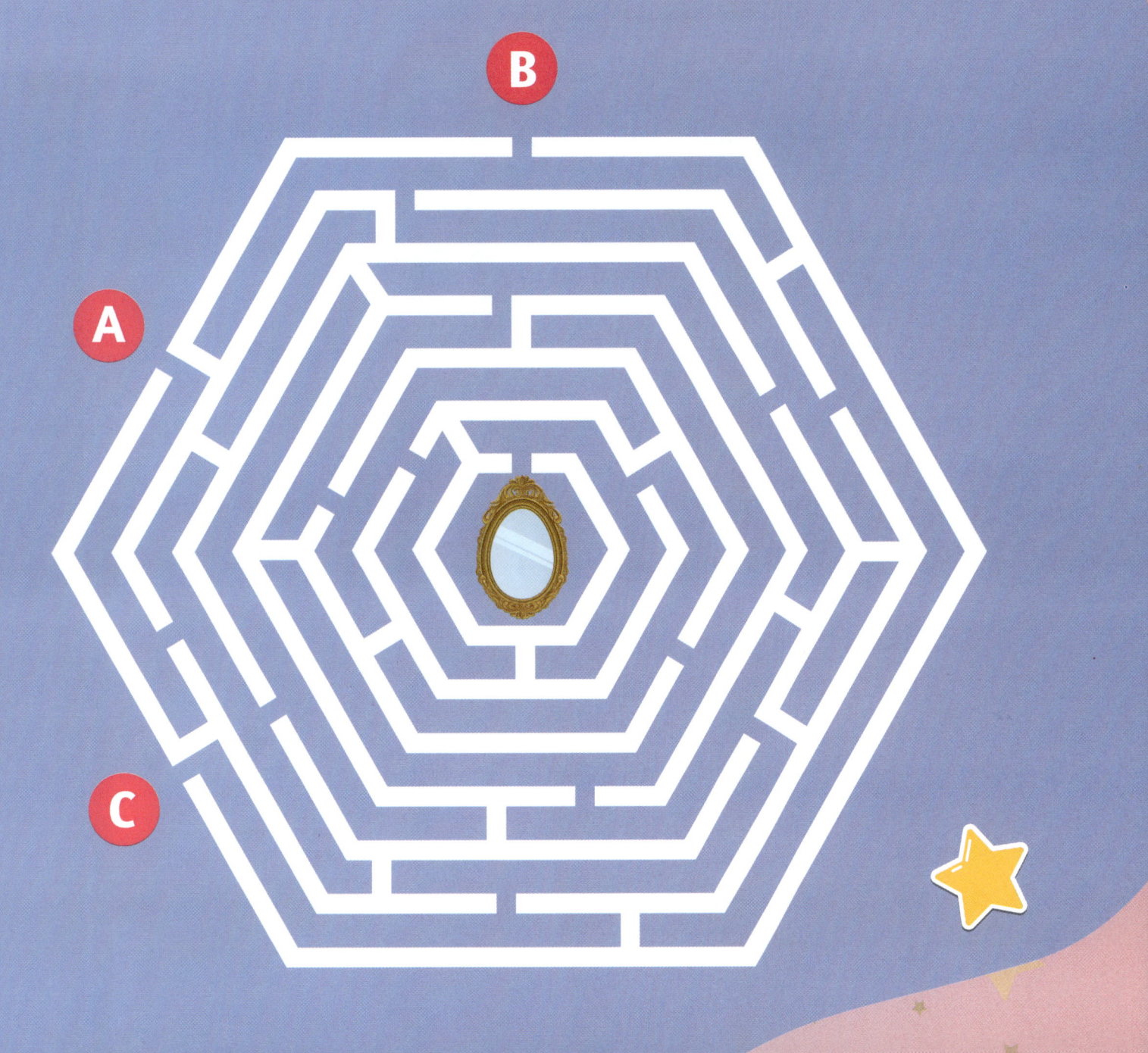

As meninas mal tiveram tempo de correr, só viram algo vindo na direção delas. Por sorte, conseguiram se esconder atrás dos espelhos. Logo...

O feitiço se virou contra o feiticeiro!

O feitiço da Dona Bruxa bateu no espelho e voltou para ela...

O Feitiço da Bruxa

Para descobrir o que aconteceu com a Dona Bruxa, ligue os pontos na ordem numérica e descubra em qual animal ela se transformou.

Elas caíram na risada quando perceberam que o feitiço da Dona Bruxa havia virado contra ela mesma, transformando-a em uma rã.

A maldade realmente não compensa.

É melhor irmos procurar rápido a poção, Mileninha, antes que a Dona Bruxa volte ao normal!!!

Sim, você está certa, não sabemos quanto tempo o feitiço dela pode durar!

Em busca da poção

Mileninha e Agnes precisam correr e achar a sala das poções o mais rápido possível. Ajude as meninas! Passe pelas portas que levam às poções.

Enquanto corriam procurando por alguma porta que não tivessem entrado ainda, Mileninha e Agnes tomaram muito cuidado, afinal, elas não queriam esbarrar em nenhuma poção errada.

E, então, quando finalmente abriram uma porta, lá estava ela...

A sala das poções mágicas!

A sala de poções

Observe as imagens abaixo. Você consegue ver sete diferenças entre elas? Circule-as quando achar!

As meninas estavam impressionadas com o tanto de poções que havia na sala. Logo, elas começaram a procurar uma poção que pudesse fazer a melodia de Mileninha voltar.

50

Poção correta

Circule a poção que você acha que pode funcionar para Mileninha. Dica: preste atenção nos símbolos!

Mileninha fechou os olhos e começou a cantar. Quando notou que sua melodia tinha voltado ao normal, *como se nunca tivesse parado de cantar,* abriu os olhos e viu que Agnes estava muito feliz também.

Atenção aos detalhes

Além de recuperarem a voz de Mileninha, as duas novas amigas se divertiram muito procurando pela poção correta e decidiram registrar o momento. Agora, preste atenção na imagem abaixo e anote as coordenadas nos espaços em branco.

Depois de muita felicidade por terem cumprido a missão, Mileninha e Agnes viram que a Dona Bruxa ainda estava enfeitiçada e parecia ser *uma rã bem brava.*

Agnes, acho que ainda podemos brincar mais um pouquinho...

O que será que podemos fazer, hein? Enquanto a minha tia for uma rã, não vai tentar nos enfeitiçar de novo!

É hora de...

Responda a charada para descobrir como as meninas resolveram comemorar o sucesso das poções!

 – OGUETE =

 – STRELA =

 – APO =

 – ELEVISÃO =

 – BAJUR =

Para comemorar que sua melodia havia voltado, que Agnes não era mais um gato e que a Dona Bruxa ainda estava enfeitiçada, Mileninha aproveitou para fazer uma tarde cheia de brincadeiras e,

é claro, muita cantoria.

Vamos colorir?

Para deixar o cenário dessa comemoração ainda mais lindo e divertido, use sua criatividade e seus lápis de cor!

Depois de um dia cheio de aventuras *Mileninha estava feliz em estar de volta na sua casa*, com a Belinha e com seus pais. Livre de qualquer perigo agora e, é claro, com uma nova amiga superlegal.

Qual é a mensagem?

Mileninha e Agnes ficaram amigas mesmo! Estão até trocando mensagens. Para saber qual foi a última mensagem que Mileninha enviou, anote nos quadrados em branco a letra que vem antes ou depois no alfabeto da que está sendo indicado. Os quadrados brancos de cima devem ser preenchidos pela letra que vem antes no alfabeto. Os de baixo, com a letra que vem depois. Se chegar até a letra Z, a seguinte será a letra A. Veja os modelos.

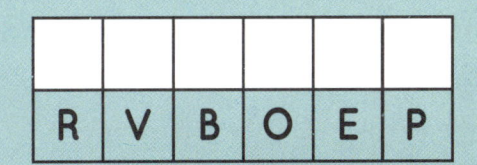
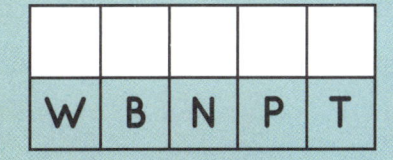
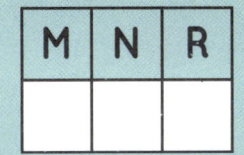
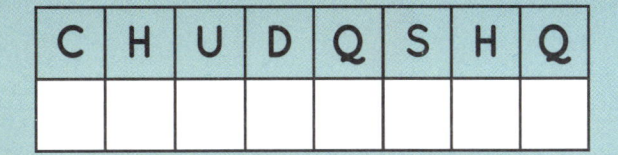

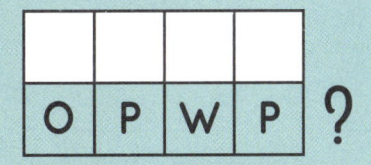

Aaah! Já acabou? :(

Galera, espero que vocês tenham curtido muito essa história, assim como eu! Achei que nunca mais conseguiria cantar, mas, no fim, deu tudo certo!

Ah, muito importante, hein, não se esqueçam nunca das regras de conduta. Se eu não tivesse lido um feitiço errado, a Agnes não teria se transformado em um gatinho. E não se esqueçam de serem sempre organizados, é importante deixar sempre nosso quarto arrumadinho e, é claro, pedir permissão à mamãe e ao papai antes de tomarem qualquer decisão! Eles só querem o nosso bem! :)

Não deixem de me seguir nas redes sociais, por lá, a brincadeira e a diversão são sempre garantidas!

Beijinhos, Mileninha.

"Dá um joinha
pra Mileninha,
e faça parte
dessa turminha..."

Respostas

Página 5

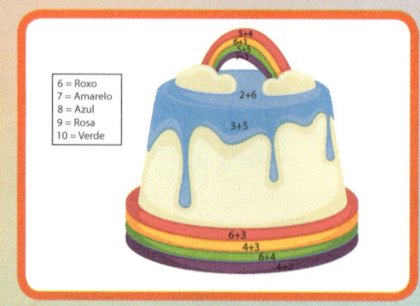

Resposta: Bolo

Página 7

6 = Roxo
7 = Amarelo
8 = Azul
9 = Rosa
10 = Verde

Páginas 8 e 9

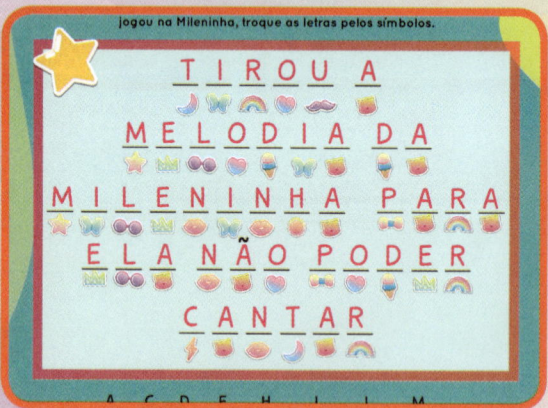

Página 11

Página 13

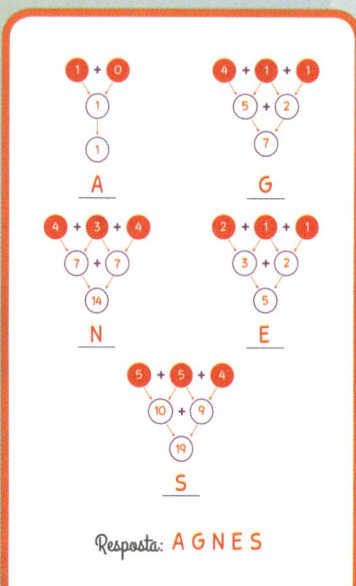

1 + 0
1
1
A

4 + 1 + 1
5   2
7
G

4 + 3 + 4
7   7
14
N

2 + 1 + 1
3   2
7
E

5 + 5 + 4
10   9
19
S

Resposta: **A G N E S**

Página 15

Minha _vó_ me deu uma cachorrinha de presente
Ela é tão pequena quase não tem _nenhum dente_
Dei um nome pra ela, ela é tão _fofinha_
Chamei de _Belinha_ minha nova _amiguinha_

Quando vou _pra escola_, a _Belinha_ corre atrás
Nossa, que _bagunça_ lá em casa que ela faz
Pula no sofá, quer comer meu _salgadinho_
Pego ela no colo, ela adora um _carinho_

Página 17

jogou na Mileninha, troque as letras pelos símbolos.

T I R O U A
M E L O D I A D A
M I L E N I N H A P A R A
E L A N Ã O P O D E R
C A N T A R

Página 19

Página 21

Página 23

Página 25

Tem um livro de capa vermelha na cena (X) V ( ) F
Olhando de frente, a vassoura está do lado esquerdo da poltrona ( ) V (X) F
A poltrona tem listras pretas ( ) V (X) F
O armário tem 3 portas ( ) V (X) F
Na cena tem 4 poções ( ) V (X) F

Página 27

INÍCIO — FIM

U	S	M	C	A	R
M	G	A	N	H	O
T	A	T		D	B

UM GATINHO

Página 29

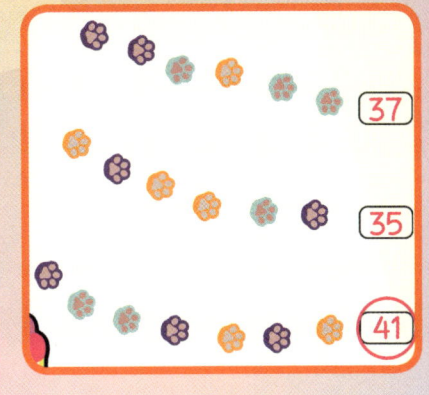

37
35
41

Página 30

A
BRUXINHA
AGNES
VIROU UMA
GATINHA

Página 35

1 2 3

Livro de mágicas
Livro de poções
Livro de Dona Bruxa

Página 37

UM
SAPO
ENORME
APARECEU

Página 39

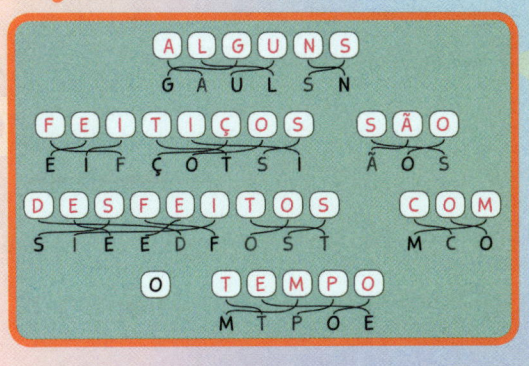

ALGUNS
FEITIÇOS SÃO
DESFEITOS COM
O TEMPO

Página 41

Página 43

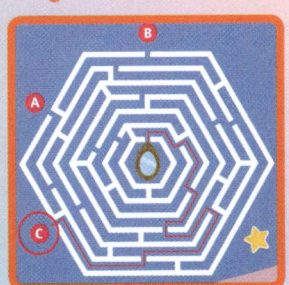

Página 45

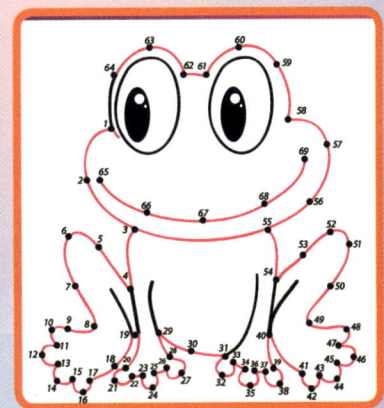

Página 47

Página 49

Página 51

Página 53

3B 3E 1C 5C

Página 55

OGUETE = F
STRELA = E
APO = S
ELEVISÃO = T
BAJUR = A

Página 59

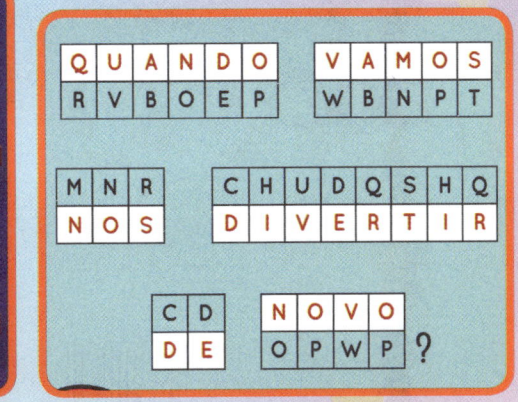

| QUANDO | | VAMOS |
| R V B O E P | | W B N P T |

| M N R | | C H U D Q S H Q |
| N O S | | D I V E R T I R |

| C D | N O V O |
| D E | O P W P | ?

63

Produção editorial Aline Santos, Bárbara Gatti, Fernanda Costa, Jaqueline Lopes, Mariana Rodrigueiro, Natália Ortega, Renan Oliveira e Tâmizi Ribeiro
Fotos Joan Alonso
Capa Aline Santos e Marina Ávila

Ilustrações Aekotography/Shutterstock, Andrew Rybalko/Shutterstock, Alsu Art/Shutterstock, BarsRsind/Shutterstock, best_vector/Shutterstock, Betsart/Shutterstock, Candus Camera/Shutterstock, ClassicVector/Shutterstock, CNuisin/Shutterstock, Colorfuel Studio/Shutterstock, DenStudio/Shutterstock, Emir Kaan/Shutterstock, FARBAI/Shutterstock, Feaspb/Shutterstock, Fir4ik/Shutterstock, Great Bergens/Shutterstock, KingVector/Shutterstock, kuzzie/Shutterstock, Lepusinensis/Shutterstock, Lyudmyla Kharlamova/Shutterstock, Lucky Project/Shutterstock, Macrovector/Shutterstock, Malchev/Shutterstock, Maria_Galybina/Shutterstock, Mamont/Shutterstock, Marish/Shutterstock, Martyshova Maria/Shutterstock, Matisson_ART/Shutterstock, medejaja/Shutterstock, mhatzapa/Shutterstock, Michaelica/Shutterstock, MicroOne/Shutterstock, Midorie/Shutterstock, patcharapon/Shutterstock, PCH.Vector/Shutterstock, ProStockStudio/Shutterstock, Naddya/Shutterstock, Nadya_Art/Shutterstock, Narin Eungsuwat/Shutterstock, NotionPic/Shutterstock, ONYXprj/Shutterstock, ratselmeister/Shutterstock, Sabelskaya/Shutterstock, Saxarinka/Shutterstock, Shmelkova Nataliya/Shutterstock, SofiaV/Shutterstock, Sudowoodo/Shutterstock, Sweet Pepper/Shutterstock, tandaV/Shutterstock, Tartila/Shutterstock, Thanakorn_Nack/Shutterstock, Tokarchuk Andrii/Shutterstock, USBFCO/Shutterstock, vectorpouch/Shutterstock, VikaSuh/Shutterstock, Vilmos Varga/Shutterstock, YuliaShvetsova/Shutterstock, yusufdemirci/Shutterstock

Primeira edição (setembro/2020)
Papel de capa Cartão 300g
Papel de miolo Offset 90g
Gráfica Darthy

Dados Internacionais de Catalogação na Publicação (CIP)
Angélica Ilacqua CRB-8/7057

S852m

    Stepanienco, Milena
      Mileninha : um dia de magia / Milena Stepanienco. — Bauru, SP : Astral Cultural, 2020.

      ISBN: 978-65-5566-045-6

      1. Literatura infantojuvenil 2. Passatempos 2. YouTube (Recurso eletrônico) I. Título

20-2656   CDD 028.5

Índices para catálogo sistemático:
1. Infantojuvenil 028.5

 ASTRAL CULTURAL EDITORA LTDA

BAURU
Av. Nossa Senhora de Fátima, 10-24
CEP 17017-337
Telefone: (14) 3235-3878
Fax: (14) 3235-3879

SÃO PAULO
Rua Helena 140, Sala 13
1º andar, Vila Olímpia
CEP 04552-050

E-mail: contato@astralcultural.com.br